はてしなき旅人

永良弘市朗詩集

永良弘市朗詩集　はてしなき旅人

目次

Ⅰ　はてしなき旅人

Ⅱ　下町の匂いは

Ⅲ　能勢の浄瑠璃

Ⅳ　山登りの後で

永良弘市朗詩集　はてしなき旅人

Ⅰ　はてしなき旅人

借家の中に自分を探す

貸間には空虚さがへばりついている
窓越しに見える部屋には
調度品もなく
やわらかい光が内部をあたため
表情をもたない部屋は
痛々しい
誰もいない空間に
とりかえしのつかない静寂が
心のうらがわをそよがせている

空き室は灯もなく
小さな開放感は冷たくなって
謎の訪問者も
てぶらの後ろめたさは消えてしまった

すり足で近づいてくる無抵抗な存在感は
この住民になりえるのか

じっとしていると
まわりの住居から刺すような声が
黒く上がってくる
なぜここにいるのか
小さく大きく私の胸のかたまりを
膨らませていく
外は夜を呼び込む雨が降っている
しのびやかな時が流れ
心の迷いに戸惑い
何をさがしているのか
動かずに玄関の先にしゃがみ込んでいる

放射線治療室にて

作業台に乗せられて
人間解体のはじまり
動いてはいけません
呼吸も止めてください
じんわりと汗が出てきた
ここは放射線科の密室
ぐでんと仰向いて
息を殺して
身体を硬直させ
目をつぶっているのに
いまの境地があの世を往復している

天井のサーチライトがまばたいて差し込んでくる
生命再生器がよろめきながら

硬直体を周遊し始めた
何かつぶやいているようだが
私にはきこえない
一瞬光が途切れた
作業台が揺れ
かたい心も揺れた
終わりました　お疲れ様でした
送り込まれていた時を振り返り
やっと一息ついて
いてついたこころを身体を撫で回す
ご苦労さん

また　あしたがあるなぁ
明日という無限の日が
もう一度　生きるしがらみをめくらなくては

文楽には……

古典を愛する人がこれほど群れているとは
ロビーには幕間の熱気が
時間に花をさかせ
何かをゆり動かそうとしている
太棹の響きが幕開けを告げ
一瞬の静寂から坩堝へと演出していった
言の葉の持つ力を引き出す太夫の語り
繊細な浄瑠璃まわしで人の心を離さない

義太夫節は柔らかいなにわことばの節回し
太棹の三味線から繰り出される音色は
矢継ぎ早にこころの襞を刺激して
人の心奥深く入り込んでいく

世話浄瑠璃は語られる義太夫節と人形が
太棹の三味にのせられてリズムを創っていく
演目は心中天網島
純粋な男心と女心の行方は
不条理を不条理として分かっていながら
苦しみを苦しみの上に積み重ね
生きることは
うっそうとした人の繁みの中にあって
どうなるのかわからない
人の世のかざぐるまは
いつもまわっているとは限らない
かわいい蕾も花となっていつかしおれる
自分の心持ちではなく
しかたなく崩れていく場合も

太棹のおののきが
静かに同じ方向に歩いていく

美しき日本の色

霧が流れてゆったりと陽が昇り
稜線がわずかにうすくれないに染まってきた
近江の海は恥じらいに沈んで暗いが
淡《あわ》しの色が滲んできた
波音がかすかに聞こえる
太陽が強烈な光をまき散らしながら顔を出し
やがて
白い光が湖面をたがやし輝き始めた

湖中に朱塗りの大鳥居
白髭神社
比良の山々をせおい
世相の動きを見つめているかのようだ
湖西の山には秋色がただよい

黄、赤、緑の配色が山を動かし
そこだけが明るかった
湖を抱いた生暖かい風が
雨の気配を運んでくる

比良おろしの冬がもう其処まで
やがて白い季節がやってくる

職人から逃げ出して

職人とはプロなのか

美味いもんつくるコツはなんやぁ
うまい食材につきるなぁ
腕なんて二の次や
俺を見てみいやぁ
はんぱもんが悶えているだけや

食材の選び方、包丁さばき、火加減、味付け
時間のかかる修業を越えておいしいものを創りたいと……
でも
人に喜んでもらいたいという願望はあった

ただひたすらに生きすぎた

食の道は食べる糧
あそこの料亭に　あの飲み屋に
うどんやのメニュー開発の助っ人に
呼ばれれば何処へでも
何事も食べるため

株の道で己の力を蓄え
ひたすらに白と黒の世界を切り取っていく
勝負は歴然　結果も金で出てくる
凌ぎあいに心が揺さぶられ
こころのすきまに金が落ちてくる
素直に生きられるこの瞬間によろこびがある
胸の奥底にこの世界で生きる釘を打ちこんだ

身体がいうことを聞かない
心が疲れてくる
何とかしたい

四十八才でいってしまった
膵臓ガン
これが哀しい弟の一生

カウンター割烹を食す

さがしあぐねて住宅街をさまよった
見過ごしそうなたたずまい
福寿草の黄色いつぼみが石畳に寄り添って
路地裏に導いてくれる
豊中の片隅にひっそりと

ふらりと入った
白木のカウンターに導かれ
熱燗の池田酒で舌をしめらせ
のどのとまどいを落ち着かせる
料理人が目の前で光り輝く切れあじの造りを
カウンターには職人のウデが発揮されてくる
海老しんじょ
芝エビをふわりと軽く香りよく揚げたひと皿だ

添えられたのがウスターソース
ハイカラな美味さが匂いたつ　これは旨い
「魚の頭と中骨のアラが出ました　焼きまひょか　美味いでっせ」
「おおきに　美味いやろなぁ」
「何かお好きなもんおましたら造らせてもらいます」
ありきたりの食材でさりげなく仕上げる
これぞ割烹の味

カウンターを舞台に
お客を楽しませ　美味いもんを食べてもらおうと
心配りと演出も抜かりなく
皿の隅々まで緊張感が漂っている

板前の庖丁の冴えを楽しみながら盃を傾け
職人のもてなしに頬がゆるみ
料理の細やかさと大らかさに酔いしれて
カウンター空間の心地よさがじんわりとしみわたる

磨き抜かれた対応は
造り人と料理と客との間合いをかもし出し
食の歓びを分かち合う
「紅ズワイの炊き込みご飯を通します」

うどん食堂

おとながひとり通れるくらいの狭い路地
じめじめとしたにおいが漂ってきた
通ったら出てこられんように思える
だし汁のにおいが長い廊下を流れて
うどんやがかどに見えてきた

うどんをすっている
おあげさんをからませて啜っている
ここは大阪うどんの隠れた名所
昆布と煮干しと鰹節のだし
うどんにやさしく話しかける麺
あまからくにつけたあげ
細切りのねぎ
だし　麺　あげ

シンプルさにシンプルを重ねて
素直なうどんになった
甘みが加わったやさしい味わいのだし
コシがあってなめらかな麺と
甘すぎず上品なあげがじゅんわりとしみ
美味しさが身体をほてらせる

いっぱい飲みながら啜っているおじさん
うどん定食をほおばっているお兄さん
恥ずかしそうにやわいうどんをお嬢さん
めんを一本引きずりあげて顔をひき寄せているぼうず
大阪うどんはだしを食べてほほえみを引き寄せる
うどんの神髄はきつねうどん
いや　けつねうどん
けつね一丁
また来てや　おおきに

姥がもち

ここは草津宿
中仙道と東海道の分岐の宿場町
京への扉口　本陣、脇本陣が頭を上げて待っている
売り店の子女の声が飛び交う賑やかさ

「買うてえなぁ　これ」
「うばがもち……」
「かぁちゃんのおっぱいみたい　食べたい」
「吸ってみたい　俺も」
「何ゆうてんのん……」

「どうやぁ　美味しいかぁ」
「おいしい　かぁちゃんのおっぱい吸いたくなった」
「この娘ったらぁ」

「一緒に仲ようしょうなぁ」
「うん」

乳首の出た壱口サイズの餡餅
とけいりそうなほの甘さの餡
からまない餅のはごたえ
郷愁をそそる姿
思い出す母ごころの故郷

時代を超えた何時に変わらないあんころ餅
気持ちをこめた母のぬくもり
あずきの甘いにおい　吹き上げてくるもち米
包まって出てくるあまい想い出
折りたたまれた絆は
なにげない想いの中でときめき
ゆるやかな愉しみが

お通しと突出し

ビールを頼むわ
ふと気付けば
目の前にお通しが出てきた
注文しないのに出てくる

白バイ貝、わかめのわさび和えだ
口の中をさっぱりさせて
よし、たべるぞー！　という気分になる
ほっと落ち着いた後は
俄然、メニューを吟味する目に力がはいる

居酒屋で
お客が注文しない唯一の料理

だから　ドキドキさせたいんです！
お通しは
素早く出さないといけない
いかにスムーズに　かつインパクトを与えられるか
もてなす側の意思や姿勢が込められている
限られたうつわの中でつくるプロの腕の見せ場といえる
突出しで店の期待値を予想でき
店の底力がわかる

燗酒が出てきた
燗の美味い酒
日本酒は難しくみえるが
味わい深い奥行きのある酒
多彩なつまみが入口を広く見せてくれる

地酒の熱燗に突出しが出てきた
小松菜と桜えびのおひたし

隣席のおやっさん　ニタリと笑みがこぼれた
これだから、やめられん

喫茶店風景

「姉ちゃん　冷《レー》コー一つ！　フレッシュも付けてやぁ」

「モーニングどないしはります」

「たのむわ　卵サンドでな」

卸売市場の喧噪が入口の隙間から覗いている
テーブル挟んで密談が
笑顔も見えずソファを浮かして前のめり

今日の作戦どうしよう
新聞広げて経営数字のひろい読み
先手必勝の株式投資

ミックスジュースの追加にのども滑らか
競馬新聞に赤鉛筆を舐めなめ携帯電話
低音でぼそぼそと目は血走っている

壁際の片隅で沈思黙考のオジサンは
ニタリと笑みを浮かべて頷いている
今日も良いことあるのんかいなぁ

あきんようやりまっせぇ
マックが何や
きっちゃてんの本道を
心の音を聴き
痛み　かゆみをなぜて　かいて
膝をつきあわせて付き合う
おもてなしの神髄やぁ

美味いコーヒーも
儲けなくてはたち行かない
おまけを付けて「損して得とれ」
儲けるのはいつでもできる

はてしなき旅人

雑踏のなかを泳いでいると
振動する心は穏やかに吐息を漏らす
街のざわめきは人をかきわけ
別の世界に流れていく
観客のつまった盛り場は何も求めないが
遊泳する舞台を越えて
落ちついてくる自分がいる

古道をたどるのも
むかしの面影の中を巡るのも
ささくれ立った思いを浄化でき
自分の下にたどりつける

急峻な崖道に息をはずませ

汗のしずくは途切れることなく顔をおおってくる
苦しいけれど安らぎが溢れてくる
いつでも山は苦しい　楽な山はない
どの山も個性があって厳しい
静かに語れる山との会話は
心を透明にして純粋に
この満足感は満ち足りた充足感をより膨らませる

一人でいることが
都会の中を
山の中を
古き町並みを
旅していることで
気分がゆるやかに流れていく

Ⅱ　下町の匂いは

天満には何がある

天満はごった煮の甘辛いにおいがする
駅裏には商いがごったがえし
卸売市場、問屋が隣の鼻息をうかがい
食べもんやが匂いを振りまいて
客の食欲を誘い込む
立飲みやが軒を連ねて
呑み助の顔色をのぞき込んでいる

下町の喧騒は湿ったこころを落ちつかせ
苦々しい気分は露地の中に流れていった
染み付いた嗅覚は居心地のいい処で
羽をのばしてゆったりと
骨もない軟弱な仕舞屋がなめくじ長屋を引っ張って
塩をふっただけで溶けてしまいそうだ

大阪のおばちゃん　横をむいた兄ちゃん
ぶつぶつ言いながらのオヤッサン
人のほころびを避けながら
足許は素足でふみ締めて
まわりの誘惑をそよがしている

薄明かりのふきだまりでは
妖艶な色合いが身体にまつわりついてきた
ストリップ小屋から
ひそめき声がもれてくる
「ええ娘がおるよ。別嬪やしボインやでぇ」
「あそこはどうや」
「すごくええし、ばっちりやぁ」
うすぐらがりの奥で肢体がうごめいて
紅色の薄絹の裾を絡ませて赤い蹴出しも見えかくれ
肉置《ししお》きも豊かで
極度に固まった淫乱の激情が

焼け爛れた時間のうるみに吸いこまれていく

裏側も表側もさらけ出し
傷も痛みも歓びも
軒を連ねるきづかいの短冊にいきいきと
うごめいているのは
逆光に噛み付いている執念か

天満……ＪＲ天満駅の北側
日本一長い天神橋筋商店街の東側

天六という下町

まいど
薄暗いくたびれた棟割長屋が軒を連ね
ホルモン焼きのにおいが鼻をくすぶり
胃袋を強烈に刺激する
ガラスのいれもんにはちょう　センマイ　ミノ　きもが
処せましとつめこまれ
銭を呼び込んでいる
隅ではかんてきのもち網のホルモンが匂いをまきちらす
脂が真っ赤な炭火に落ちて
ジューシーな気持ちを興奮させる

露地の奥に揺れる裸電球
うっすらと影が見える
女のようだ

ファッションに身を固めた紅いルージュが
粘りついた吐息を送ってくる
流し目を送る視線に艶やかさがさしている
美貌だ
娼婦か
非日常的な時間の流れる中で
欲求を欲望に変える凄い別嬪だ
傍を過ぎるとウインクで微笑んだ
すみれの香りが逃げていく

天神橋六丁目いや天六　気がみじかい大阪人の呼称
にっぽん一長い商店街　天満の天神さんの参詣商い道
やたらと服屋の店が多い商店街や
値切らんと買えん商店街やとぼやいていた
まともに買ったら損するぜぇ
ごった煮の商店街
産着から棺おけまであるぜ

道を狭く使って
ぎょうさん並べてお客さんに喜んでもらうのが天六流や
いらっしゃい　こうてんか　安くしときまっせぇ
生きる知恵には事欠かない
生きる術が詰まっている
物貰いから立ちんぼう
露天から一杯飲み屋まで
スーパーも市場も卸売市場も新鮮な笑顔を振りまいている
強かさは湧きあがる飛び道具だ
生きるか死ぬかの向こう側にあるのだろう
こちら側にはただでも転ばない食い扶持が指をくわえ待っている

下町の匂いは

商店街の中の古い立ち飲みや
その名も「のみこみや」
場末の福島の一角にぐずついてへばり付いている
昼ごはん時というのに
近所のおっさん連中がコップ酒
オヤッサン
「酒屋ちゅう商売はあかんで。沈没や。
今はもうスーパーやコンビニでも酒売ってるからなぁ」と嘆くと
お客のオッチャンが
「せや、せや。ここは特にアカン。だいたい、このクソ暑いのに
クーラーもかけくさらん。それに、おっさんが無愛想や。
こんな店二度と来るかいなぁ」と文句たらたら
「こない言うて、毎日来とるねん、このオッサンは」と
他のお客さん

ホンネとタテマエの行くところ
心底の暗がりの中で右往左往のてんてこ舞い

人の性を突っ張って
懐深いさがのはき処
僅かな言葉の綾も
僅かな差異がもたらす阿吽の呼吸
熱い硬直も伸びやかな微熱の触覚に沈み込む
酩酊の愉しさは
酩酊の場所探しに大忙し
酔っ払った自慰は自分を閉じ込めて
果てしない世界に
溺れる気持ちはおぼれるこころにすきまかぜ
気が入っても心が入らず
迷いの中に入っていく

この店の看板娘はミッチャン

母さんに抱っこされて登場だ
みなの目尻が下がりっぱなし
「オッチャンは別嬪さんが大好き」
潤んだ目から恍惚の光がこぼれ落ち
愉悦の花が咲き乱れ
酒場に物語が満開だ

路地裏のしもた屋に
今日も明日も
甲高い響きが張り裂けて
板塀の隙間を駆け巡るのか

おでんや万歳

ここは下町　中崎町　中三商店街
下町も下町　梅田への近道
裏のうらに十軒長屋
いつかきたことあるが
駄菓子や　映画館　たこ焼きやもあった
穏やかな街並みに小さなおでんやが
大きな鍋の中でおでんがぐつぐつゆうてる
ごぼ天や大根、こんにゃくたちの声がきこえてくる
「うち、よう味しみてるで」
「はよ、にえなあかんなぁ」
「わては、まだ入りたてやからもうちょっと待ってんか」
「コロはまだかいなぁ」
「すじはどうやぁ」
客の声も継ぎ足してにぎやかだ

おかわりするのも順番待ち

お初にお目にかかります
今後ともよろしゅうに
目と口でものをいい
コップ酒に言葉を込めてご挨拶
肩と肩をすり合わせて
鍋の中をより好み
「美味いでんなぁ」
真昼の宴は
あふれる熱い包容で埋め尽くし
さまざまな想いは
湯気にまぎれて流れていく

下町の情緒が人のこころに染みついて
味付けは鍋の中
器は町並みが設えて

想いおもいに黄昏れていく
路地うらの関東だきやは間口が狭くて奥深い
自明の場所を
密封された吐息のつける処に輝いている
ひそめく疼きは
美しい旋律の上を奥へと滑っていく

木津川にて

大正と津守をつなぐ渡船が
浅黒い川を蹴って出てゆく
光を浴びる波にもたれた水鳥が
群れをつくって見送っている
木津川も尻無川も海に開いている
大正区は
川に取り込まれた島
重ベルトの運河がいのちを生かす未来へと
護岸は重戦車のカタビラ模様
一か所だけとばくちがあって
営みの吐き出し口
川沿いに飲み屋の提灯が乱舞している
黒ずんだ川面を肴に酒杯を傾けるのか

ながい時がながれ
町工場も流れた
重工業もながされ
川も沈んでしまった
踏みとどまっている物も流されそうだ
街が静かだ
心もとなく沈殿している
でも
冬の気配なのに
湯気がはちきれそうに昇ってくる
この違和感は
下町の開けっ放しの安らぎか
大正通りは排気を散らし轟音を揺すっている
それも市内向きのみ
人影もなく
落ちる夕陽は木津川の裾を越えていく

湯治場の陽だまり

わけ入っても何も見えず　ブナの林が続く
渓谷沿いの道は心細い気持ちの中を曲がりくねっている
湖北の奥深く沈みこんだところにあった
温泉の建て屋から乱れがちなけむりが
何本も上がっている
自炊する湯治客が薪を焚いているのだろう
奥深く閉じられた谷間の渓流沿いに湧く露天風呂
岩のすきまから湯水が赤面して流れ出る
白濁した湯は
ひからびた身体をうるおす

ばあさん　じいさんが民謡のかけ合い
開けっ放しの宴会場は黄金色に輝いている
ご馳走を持ち寄り大宴会

地酒の酒盛り
ばあさんトリオがからだを揺らして陽気な手踊り
すこし昔のおねえさん　北国の春を響かせる
負けておれん　じいさんの即興振り付けの腰おどりに
ヤンヤの大歓声
奔放な踊りに老いも若きも立ち上がり
自己流の踊りに酔いしれている

山の霊気を浴びて
効能豊かな湯治で
かすれたこころもほんのりと
修復されて別人に
足ごしらえもしっかりと
北国の峠を越えていく

強者たちの大坂

上町台地に緩やかな緑青の城が浮き上がって
巨大な構築物は今も周りの建造物を見下ろしている
大坂城は大阪人の心のふるさと

乱世の中に生きた浪人は各地からはせ参じ
劣勢の豊臣軍で一歩も引くともなく戦った
自ら意志で主君を変える武士
浪人になることを恐れない気骨の武士がたくさんいたのだ
彼らの自立心によって無秩序の時代が支えられていた
この変遷の波の中で
自分自身がいかに生きるべきかと

大坂冬の陣　夏の陣で
真田幸村　毛利勝永　後藤又兵衛　明石全登

無秩序な浪人兵士を鍛え　精鋭部隊に作り変えた
豊臣家への恩義や徳川家への反発心よりも
武士らしい生き方　戦い方を敵味方に見せつけ
彼らのいさぎよさが
敵味方を震え上がらせた
武士らしさが人間らしさの心のよりどころ
一途のこころには突き進む心に乱れはない

今　上町台地には官庁や出先機関のビルが
大坂城を取り巻いている
その中にいる人間は
浮世ととらえられずに
勝ち組、負け組の二者択一の思想に翻弄されて
自己の立場を流れの中に泳がせているだけではないのか
自分を生かせる　自分に生きる道は
自分の心の中にありはしないか

Ⅲ　能勢の浄瑠璃

伊勢参りとかけて

心も晴れ晴れ　憂さもはねのけ
村仲間とおかげ参りと洒落込んだ
伊勢講を組んでの物見遊山
代参お礼参り　お金子もたっぷり
御師のはからい　日常から逸脱の大名旅往き
今日はお伊勢さん
夕餉は鯛にあわびに海老　伊賀の地酒、二ノ膳、三ノ膳の大盤振るまい
明日は古市えぇ所
お伊勢さん　御師さまさま
この世の春　何処で咲いたか　明日も咲かそう

「古市」遊郭で伊勢音頭
酒を飲み　宴に興じて敵娼えらび
器量良しのあの娘に決めた

腰つき艶めかし　踊る姿にうつつをぬかす
今宵の逢う瀬は待ち遠しい
往きは精進　帰りはあの娘とご開帳
夜はかがやき　今宵はふける

伊勢饂飩にびっくり　雪女の肌に田舎の婆にて太くて
墨しょうゆをたらして食らう
うまさもビックリ　腹も満腹
土産もたっぷり
赤福餅　ええじゃないか　ついでに桑名の時雨蛤もくそ食らえ
旅先の見聞もつめこんで
農作業の知識も抱え込み
土産話を持ち帰る
ええじゃないかおかげ参り
赤心慶福も村に持ち帰る

今はよりどころを求めて

古市の町並みに寄りかかり
まちの息継ぎをかいでいる

熊野古道　伊勢路Ⅱ

ツヅラト峠の九十九折の下り路
厳しさを通り越して酷路の連続
石畳を設え　歩き人の往く手を和らげる
巡礼者の不安を包み込む観音様の微笑み
海の匂いがいさばの町　紀伊長島を近づけた
ここは魚まち　軒先に干物がぶら下がっている

家々の軒が触れ合う
「合い」と呼ばれる狭い路地奥で
行商のリヤカーが「あきない」を
柔らかい笑顔が見える
「合い」と「愛」が重なるマンボウの懐

快い海辺への道は

少々疲れ果てていても気持ちよく歩みが進む
道の駅「マンボウ」で伊勢路の旨し酒に酔う
「酒屋八兵衛」キレがよく旨味ののったお神酒には
秋刀魚の丸干しと合い口がいい
心が酔った　酒に酔った　魚に丸められた

古には無償で宿泊させる「善根宿」があった
おもてなし　現代の「善根お休み処」がある
お茶は出す、夏には寒天、冬には甘酒までも
「喜んでもらえるのが嬉しゅうて」
心には心で応えたい　熊野路のおもてなし

嬉し恥ずかし伊勢古市の遊女に惚れられ
手に手を取って熊野詣の道行き
往くは木の国和歌の浦
路端にこぼれるのは無縁仏のたたずまい
茶畑を透かしてこの世の夢を探っていく

この世は天国　あの世は地獄
生きるものの想い込み
あの世も極楽　この世もすべて良し
心に心ばえをのせれば総て良し
あなたの心に　私の心に何が要る

熊野古道　伊勢路Ⅲ

石畳が続く八鬼山ののぼり
めくじらをたてる七曲がりの急坂
九十九折　気が遠くなる折れ曲がり
尾鷲節の道も心も通わせて
あの人のもとにゆきたい
供養塔に長崎の人　江戸の人の顔が見え隠れ
ふくよかな姿に
帰られぬ虚しさをとじ込めた諦めを
昇華した恋心がかいまみえる

麓茶屋、桜茶屋、荒神茶屋
峠のもてなしは息継ぎどころ
伊勢茶の渋い香りは胸の奥までとろけさせ
次の一歩を進ませる

八鬼山越えは生命越え
苦しまぎれの高望みはしまい込み
見えない心の痛みを足裏にのせ
伊勢路の難路を越えていく

静寂が人をころがし
うばめがしの枝葉の揺れる音だけがきこえ
鳥の叫び声が上空を切裂いてふってくる
峠の広場のさくらは静かに身をふるわせ
旅人を眺めている

自分の浮き沈みが
忘却の山肌から引き寄せられ
この荒れる息遣いのなかで見えてくる
歪んだ苦痛は苦々しく
揺れる笑みは崩れてくる

生き知るべは道標
古道に古人の生き様が埋まっている

能勢の浄瑠璃

太棹三味線と太夫の語りが響き渡る能勢の浄瑠璃シアター
太夫が場面を語り　三味線が音色で情景を描く
太夫と三味線が築き上げた細やかな動きの時空の中で
人形が絶妙な呼吸で物語を紡いでいく
阿波の鳴門の語りが滑ってくる
ここは紀三井寺
巡礼に御報謝を　盆に白米の志を
女性《によしよう》の甲高い声が
娘巡礼におおいかぶさり
舞台は動いていく
親と子の情愛と織りなす悲哀が
ききなれた物語は記憶の旋律を揺り動かしていった

能勢人形浄瑠璃　鹿角座《ろつかくざ》
能勢の浄瑠璃が人形・囃子を加えて人形浄瑠璃になり

里人が演ずる里人の愉しみが
お客を悦ばせる出し物になった
老いも若きも子らも
語りも糸も人形遣いも　そして囃子も
生まれ育った土地と人が
土着の浄瑠璃を継承し
縁がなかった民をこの世界に誘い込み
農事のかたわら土地固有の芸事として
演者に仕立て上げる
庶民によって創られたものが
能勢の花となっている

太夫の語りは高みにさしかかり
年輪を経た女のさえざえとした声は
語りを案内する太棹にのって
言葉と言葉の間《ま》で情を伝え
息継ぎの呼吸が幕を拾っていく

孤高の菅浦

湖にでかける漁船の明かりが夜明けを告げる
湖北に人知れずにたたずんでいる
入り江と山に挟まれた集落がある

研ぎ澄まされていて
引き込まれそうな妖しい湖
群青に染まった湖面に
桜の巨木が絡まって影を落とし
この集落の年輪が垣間見える

空の色も強い青　湖も深い青ともみ合って
心も青くなじんでいく
湖北人の穏やかさは

営みの厳しさを共生からと悟る心映えからか
雨降る湖畔には
ひとりではいられない
みぎわにうち寄せる小波は
足元に吸い込まれていく

形を変えることなく
姿を替えることもなく
時を取り込むこともなく
菅浦は陸の孤島のまま湖の静寂を撫でている
夕やみが雨音を呼び込んでしめってくる

町場　泉佐野紀行

波音も聞こえず
連絡橋は一本の筋となって晴天を切り開いている

関西空港のみずぎわの町場泉佐野を歩いている
佐野浦といわれ漁師や廻船の船が出入りしていた
商人・職人が集まり
周りの農業の蓄積も巻き込んで
浦と岡が一体となって村から町になっていった
狭い道が迷路のように続き
細やかな路地には忘れ果てられた匂いがする
土壁の崩れには民の営みの痛みがきこえてくる

入母屋造りの豪商の屋敷
切妻屋根から一段下げて

四方ふきおろしの形に瓦が葺かれている
土蔵にも同じ様式が見られ
醤油問屋の隆盛が周りを圧している
あらゆる事業に手を染めて
大名貸しにも乗り出した
明治期には金融業に
だが　恐慌時に破綻したと言う

新しい家屋が反り返っている
古き町並みは
過去と現代のはざまで揺れている
隣にまで迫っている意識の怯えは
異常までに高ぶっているが
今の静かな情景は
対岸の華やかさに背を向けて
過去の影を引きずっている

春が来た　大久保の里

冬の風が時々通りすぎてゆくが
陽ざしが柔らかい
姉川が雪解け水をあつめて
奥伊吹の大久保部落をかすめていく
源流の命水を呼び込んで
伊吹山地に肩を寄せ
家屋がつながっている
この集落にお寺が二軒ある
集落の三角屋根と同じだ

伊吹山麓につながる峠の古道には
イノシシや鹿よけにつくられた
「峠のシシ垣」が延々と築かれていた
植林の木陰の石灰岩地に群れているセツブンソウ

白花を寄せあってたむろしているようだ

山仕事も石灰岩の採掘夫の職も時流に巻き込まれた
営みの中で耕してきたそば、ヨモギ、こんにゃくを磨き上げ
田舎料理に、特産品に
秘境ツアー（タカの北帰行）、そば打ち、田舎暮らしの催しが
何処にもない金脈に並べ替えた
沈んでいた郷を表舞台に押し出してきた
手繰り寄せた生きる扉の先は
光が降り　時がたち　日が暮れても
今日の残影の後に
明日が見え隠れしていく

針江生水《しょうず》の郷

昼下がりの集落には人影が見えない
梅花藻が針江の生水の流れに揺れ
苔むした水車が一仕事を終えて一休み
鎮守の杜をかかえた日吉神社が
小高い背後の丘に居所を定めている

人家の中に清水が流れ
鯉が群れをなし
砂が踊って
静かにあふれている湧水
台所に取り込んだかばた（川端）
水のかろやかな音が活きる術を知っている
生活用水に二百年も

軒先に貨物車の
枯れ葉マークも萎れている
生活の動きがかすんで
時間が止まっている

川端《かばた》道の先に
除夜灯の行燈がきらめいてきた
あそこにも　あちらにも
かすかに煙突が見える
造り酒屋の酒蔵か
酒のかおりが酔っぱらって
生水の郷を這っている
ほろ酔いが時を酔わせ
こころの振れを惑わせて
ふらついた景色の先に
寂しさが静寂をやぶって戸惑っている

針江……湖西　新旭の集落

繁栄のなごりを見て　竹原の町並み

青春18きっぷを駆って竹原にやってきた

みどりの島影を借景に
瀬戸の内海は黄金の波を打ちつけ
悠然と愉しんでいる
いかつい造船所が見える
未完のタンカーが船台に鎮座
隣にはコンテナ船がゆったりと出番を待っている
風景を乗り継いでやって来た
海が見えるのに山が迫ってくる

塩田と小高い里山
山並みの襞の隙間に繁栄の街があった
製塩と酒造りでの賑わいは

家ごとに異なる千本格子が飴色を競っている
遊び心に情熱をたぎらせ格子にチドリや菱型を
屋根が踊っているかのように路地に覆いかぶさってくる
町は端正でしっとりとかしこまっている
町はずれの片隅に酒造り用の井戸がある
この傍まで遠浅の浜辺が続いていた
西方寺の鐘の音が
低く冷たく石段から降ってくる
千本格子の奥から和笛の音色

豪商が学者を育て
学者も商人もこの地で朝焼けを拝み夕焼けを見た
頼山陽の一族もここに根を生やした

今様にあきないを変えながら
海辺りの町並みはゆったりと揺れている
夕暮れの町には人の姿がない

丹波亀山城にて

時は今　天が下しる五月かな
ゆれる心　ふくれる想い
きらめくオカトキの花
むらさきの深さ　どこまでも
向かうは誠実のあかしか

京と丹後のかけはし　山陰街道
平入町屋　妻入町屋　蛇行した路
寺　神社　惣掘　城を守る砦
外から城をさえぎる松林
人心を積み上げた石垣

変わらない愛の鐘をかき鳴らし
ただ唯むなしさをはねのけて

よりそうのは今宵の別れか
永久の契りの慟哭か
薄衣をすべらし足もとにうずくまる

人馬の叫びが石垣に跳ね返り
決断の響きが雄叫びに
往くは清い忠誠の心意気
付き進む従者に
重圧を撥ね退けた晴れやかな強さが

部下を愛し　妻を愛し
あなたのため　君のため
成し遂げるのは人のため　己のため
敵は本能寺にあり
誠実な愛　変わらぬ愛は礎の中に

Ⅳ　山登りの後で

ザゼンソウ

うっすらとした雪景色
饗庭野《あいばの》の伏流水が音もなくさまよっている
ザゼンソウが
あつい高まりを秘め
瞑想の中にいる

座禅を組んだ僧
無我の境地が
目をつぶった先からもれてくる
今までの苦しみが
耐えて流れた時間を揺り動かし
膨らんできた高揚を準備している
そこには
冬に閉ざされた想い

雪のふり積もったこころも柔らかくする
静けさの空虚さを満たす沈黙の花は
あつい思いを信じて
探り当てた遠い春を
呼び戻すことはないだろう

ひっそりと待っている湿地に
春を呼び込む風が流れてきた

夜叉ヶ池紀行

何かを狂わせてくれるかも
幻想的な想いにおされて山へ出かけた
今にも雨が落ち込んできそう
渓流の気配を呼び込む鋭い息づかい
山みちにかかる往幹道
開かれた視界の先に立っているものがいる
鹿だ
ゆがんだ顔に血が
足が折れ曲がっている
苦しみを耐えているようだ
曇天の中からタカが急降下

山頂へのやせ細った路
滝のそばにニッコウキスゲが

転がり落ちそうにしがみ付き
強烈な水しぶきを見守っている
解放された恐怖感は
崖下に落ちていった

透明な水面に
ヤシャゲンゴロウが樹林の影をうつしながら
ささやかな波紋を咲かせ
夜叉ヶ池を
神秘な底に沈めていった

金剛山　雪の中

アイゼンを泳がせ雪を蹴飛ばして
急斜面に突っ込んでいく
越えても超えても道が迫ってくる
雪と美意識をかえた空虚さのみが
繰り返し繰り返し落ちてくる
ブナ林の樹氷
白銀の秘密の空間
きらめく世界
光を押しのけて輝き
明かりをのみこんだ華

千早峠を越え紀見峠へ向かう
人影の見えない山道を
見える恐怖と迫る夕やみとのしのぎあい

不安との距離感
吐息も険しくなる
風にめくれた雪は心肌をたたく
身体を突き抜ける寒さは枯渇の底をさぐる孤独にも似て
眠気を深く誘い込む

峠のようだ　紀見峠だ
灯りが見えた　駅だ
足下から疲れが上がってくる
鈍い空腹も時間の中へ去っていった
駅舎にかかる月も
寒い夕暮れの奥深くに
入り込んでしまった

峠を上がってくる動輪の息つぎがきこえてくる
光の線が手繰り寄せられるように
崩れない闇を動かしている

初日の出の羽束山

漆黒の闇夜の生者の息遣いが
光となって
急坂を押し上げてくる
山道は一筋の冷酷な歓喜を込めて
揺れる　流れる
何処までも　麓の切れ端へ
足下の明かりが
己れの在処を指し示す
突如のガレの壁に息をとめ
心をのけ反らせた
見上げると
羽束神社の焚き火が
いただきにかすかにみえる

温かい　明るい人だまりが
お神酒に酔いしれて
日の出前の時間を彩っている
オメデトウ　オメデトウさんの声がいきかう
太陽が
手探りで
輪の外側で
火だまりの中にある心地よさ

朝あけが
うすらあける雲間の片隅から
じわじわと山並みを染める
飛翔する輝きにどきまぎしながら
冷えた身体が高揚してくる
言葉に言えない言葉が
沈黙と競い合って
日の出を見つめている

経ヶ岳

芦生に連なる経ヶ岳へ
まっすぐにつけられた尾根道を
リーダーの下にくっついて足並みを揃える
吹き上がる汗
足場を造り　身体を持ち上げる
湿り気を帯びた枯葉の道は分厚い絨毯

稜線の下の沢の溜まり場に茶屋跡
険しい山越えの道に茶屋とは
京　小浜への鯖街道　生活道路の丹波越え
古人のたくましさが見え隠れ
萱葺き集落が
光にきらめいている

山頂直下の急登
汗も切れ　のども切れ　声も出ない
だが頂上は
芦生杉と苔が盆栽のような静かさをたたえていた

直下降は
あごがあがる　膝がわれる
前に飛び出しそうだ
シイタケの原木が寂しそうに組まれていて
針畑川の桑原橋が小雨の中に見えてくる
わたしは思わず
もと来た道をふりかえる

あなたの鼓動が聞こえてきそうな背に
ささやかな別れを告げ
つる草にからまれたなげやりな怠慢さは
悲鳴をあげて消えていった

疲れがこころをときはがし
何かが出てきそうだ

台湾　阿里山から

急に山が開いた
標高二千八百メートルの
視界の先に広がっているのは
無垢な無限の世界

夕陽のひろがりの下
天空に動かない海があった
雲がひとつひとつ
白い厚い肌布団が幾重にも重なり合うように
おだやかにいすわり
まぶしい輝きを巻き込んで
地平線の端まで続いている
黄金の火の玉が
雲海のしとねに護られて

飛び出してきた

雲海は
ぼくにも見えるが
見えないものがある
それは
ぼくのキャンバスには
透明の風景が
言葉にない静けさを誘っている
風をつつんで夕日は落ちていく
雲海に漂っていた各々の想いは
残照の壁に寄り添って動き
ゆっくりと足元へ帰ってくる
感動が滑り
人は
喜色の微風をなびかせ
尾根を離れていく

吐息ともつかぬざわめきは
変幻する贈りものとともに
冷たい夕べの中におりていく

山登りの後で

懐かしの山　歩きなれた山　金剛山登山口で
友が待ち受けていた
苦しい達成感と安堵感に浸ることなく
何事もないかのように近づいていった
彼の見開いたまなこには驚愕の影が見える

友は元気で
いつも自分に寄り添ってほしいと願っていた
その無二の親友が心に身体に変調をきたして
これからどうなるか判らないと言う

私は生きるためには
がむしゃらに働いてきた
働くことが生きることだった

五〇年来の友
苦しいときには友の声が聞こえきた
彼は勤め人の生活を一途に押し通した
あれからどれだけ時を刻んだのか
今　別人のようになってそこにいた

言うべき言葉もない
ただ黙って友を見つめていた
雨が降ってきた
なんの話も交わさないまま
友は
「元気でなぁ」
杖をついて立ち去っていった

詩集『はてしなき旅人』に寄せる

寂寥と孤高の中に美を求める

詩　人　野呂《のろ》　昶《さかん》

詩人永良弘市朗は、文学的求道者である。市井の中に深く沈んで、人生の喜怒哀楽を、平易な日常的言葉ですくい上げている。詩はなんでもない言葉で、なんでもない日常的意識を超えた世界を表現する営為だが、詩人は七十数年の人生をこの道一筋に生きてきた。その真摯な生きざまが一編一編の作品に結晶している。作品を見てみたい。

借家の中に自分を探す

貸間には空虚さがへばりついている
窓越しに見える部屋には
調度品もなく
やわらかい光が内部をあたため
表情をもたない部屋は
痛々しい

——中略

空き室は灯もなく
小さな開放感は冷たくなって
謎の訪問者も
てぶらの後ろめたさは消えてしまった

なぜここにいるのか
小さく大きく私の胸のかたまりを
膨らませていく
外は夜を呼び込む雨が降っている
しのびやかな時が流れ
心の迷いに戸惑い
何をさがしているのか
動かずに玄関の先にしゃがみ込んでいる

——中略

仕事をかわったのか、あるいは新天地を求めてなのか判らないが、詩人は借家を求めて歩きまわり、偶々ある一軒の借家にめぐり合うのである。しかし、その借家のなんという空疎な表情であろう。「貸間には空虚さがへばりつき　表情をもたない部屋は冷たく痛々しい」。「はたして私はこの住民になり得るのか」詩人は自分の心の中をのぞきこむ。心の中もまた茫々と、この借家とかわらない空虚さがしめている。私が求めている部屋はここではない。しかし、どこにその部屋はあるのか。「外は夜を呼び込む雨が降っている」借家を探す営為の中に深く人生が暗喩されている。

うどん食堂

おとながひとり通れるくらいの狭い路地
じめじめとしたにおいが漂ってきた
通ったら出てこられんように思える
だし汁のにおいが長い廊下を流れて
うどんやがかどに見えてきた

うどんをすっている
おあげさんをからませて啜っている
ここは大阪うどんの隠れた名所
昆布と煮干しと鰹節のだし
うどんにやさしく話しかける麺
あまからくにつけたあげ
細切りのねぎ
だし　麺　あげ
シンプルさにシンプルを重ねて
素直なうどんになった

大阪うどんはだしを食べてほほえみを引き寄せる
うどんの神髄はきつねうどん
いや　けつねうどん
けつね一丁
また来てや　おおきに

——中略

食道楽の大阪讃歌である。ほんとうにうまいものは、高級料亭などではなく、こうした庶民の通う食堂にあると、詩人は言外に言っている。シンプルにシンプルを重ね、安価でおいしい、だれにでも合う味、なん百年も歴史を持つ庶民の味、貧乏人も金持も、だれでもがおいしい、「けつね一丁／また来てや」この中に、大阪の文化がある。詩人は、ほこらしげに言っている。

孤高の菅浦

湖北に人知れずにたたずんでいる
入り江と山に挟まれた集落がある
研ぎ澄まされていて

引き込まれそうな妖しい湖
群青に染まった湖面に
桜の巨木が絡まって影を落とし
この集落の年輪が垣間見える

琵琶湖の北端、陸の孤島といわれる菅浦の湖岸に、詩人が一人立った時の印象である。

形を変えることなく
姿を替えることもなく
時を取り込むこともなく

古来、菅浦は自治の村で、時の権力の守護を入れず、村民が強く団結、孤高を守ってきた。それだけに周囲の村々からの文化の移入に乏しく、いまだに原始の趣きがのこっている。

詩人はこの村の風景に自分の人生を重ね、研ぎすまされ、あまりに透明に群青に染まった湖面を自分自身の姿として見ているのである。

「雨降る湖畔には／ひとりではいられない／みぎわにうち寄せる小波は／足元に吸い込まれていく」菅浦も詩人も共に孤高であった。美しく純粋なものは淋しい。

ザゼンソウ

うっすらとした雪景色
饗庭野《あいばの》の伏流水が音もなくさまよっている
ザゼンソウが
あつい高まりを秘め
瞑想の中にいる

座禅を組んだ僧
無我の境地が
目をつぶった先からもれてくる

——中略

静けさの空虚さを満たす沈黙の花は
あつい思いを信じて
探り当てた遠い春を
呼び戻すことはないだろう

禅僧が座禅をしている形で咲くザゼンソウ、座禅とは自他を超越し、大自然の真理と一つになる修業のことだが、ザゼンソウもまた、静かな無我の境地で咲いている。なにかを為しとげたいとか、名誉や利益を求める心は、もはや遠くへ置いてきてしまった。
饗庭野の伏流水が音もなくさまよっている湿地帯、詩人はいつしかザゼンソウそのものになり、瞑想しているのである。あつい思いを秘めてはいるが、もはや名誉や利益ではない。大自然と調和して、ただ茫々と生きる。ただそれだけのことである。

ひっそりと待っている湿地に
春を呼び込む風が流れてきた

自然随順の生きざまには、春の趣きがある。雪をかぶったザゼンソウもまた、内に春を呼ぶ心を秘めているのである。

このたびの詩集『はてしなき旅人』は、この題名にもあるように、旅を素材としている。自然や文物を訪ねる旅も、市井での生活も旅であることに違いはない。俳人松尾芭蕉が「旅を棲み家」としたように、詩人もまた、旅にあこがれ旅を棲み家としている。しかし旅は孤独と寂寥を友としている。永良弘市朗の作品は、寂寥を種子に生まれ、寂寥の中に人生の真実、美を求める、まさに『はてしなき旅人』の営為といっていいだろう。
この詩集が詩を愛する多くの人々に読まれることを祈っている。

あとがき

若いときから詩を書いてきた。永い中断後、老年の域になって無性に書きたくなった。でも詩集を出すとは思ってもいなかった。技量も想いもなかった。「ポエムの森」の同人諸氏がどんどん出していく。無縁の世界だと・・・。

ここ数年で、私の詩は軽くなったような気がする。心が軽くなった。重みがなくなったからか。どのようなテーマにも対処するせいか。あらゆる分野の壁を乗り越えるうちに、ことばの幅も想いも膨らんできたようだ。より分かりやすい詩に。でも生きる重みはきつい。詩を書くことは生きざまの裏返しを綴ることではないかと・・・。

「ポエムの森」に入会させていただき、野呂 昶先生に出会ってからが、私の出発点ではないかと思っております。人生の幅がそのまま批評にかえってくる。怖いし、愉しい。人世の出会いがあればこそ。

詩集発行にあたりましては野呂 昶先生のご指導と「ポエムの森」同人諸氏の励ましをいただき、誠にありがとうございました。また、詩集『はてしなき旅人』の出版に際しての左子真由美様の尽力に感謝しております。

二〇一五年十一月

永良弘市朗

永良 弘市朗（ながら・こういちろう）

1941年大阪市北区生まれ
「ポエムの森」同人

現住所　〒565-0824　吹田市山田西 1-9-2
冨井弘一 方

永良弘市朗詩集　はてしなき旅人

2015年12月12日　第1刷発行
著　者　永良弘市朗
発行人　左子真由美
発行所　㈱竹林館
〒530-0044　大阪市北区東天満 2-9-4　千代田ビル東館 7 階 FG
Tel　06-4801-6111　Fax　06-4801-6112
郵便振替　00980-9-44593
URL http://www.chikurinkan.co.jp
印刷・製本　㈱国際印刷出版研究所
〒551-0002　大阪市大正区三軒家東 3-11-34

ISBN978-4-86000-323-4　C0092